각별한 마음

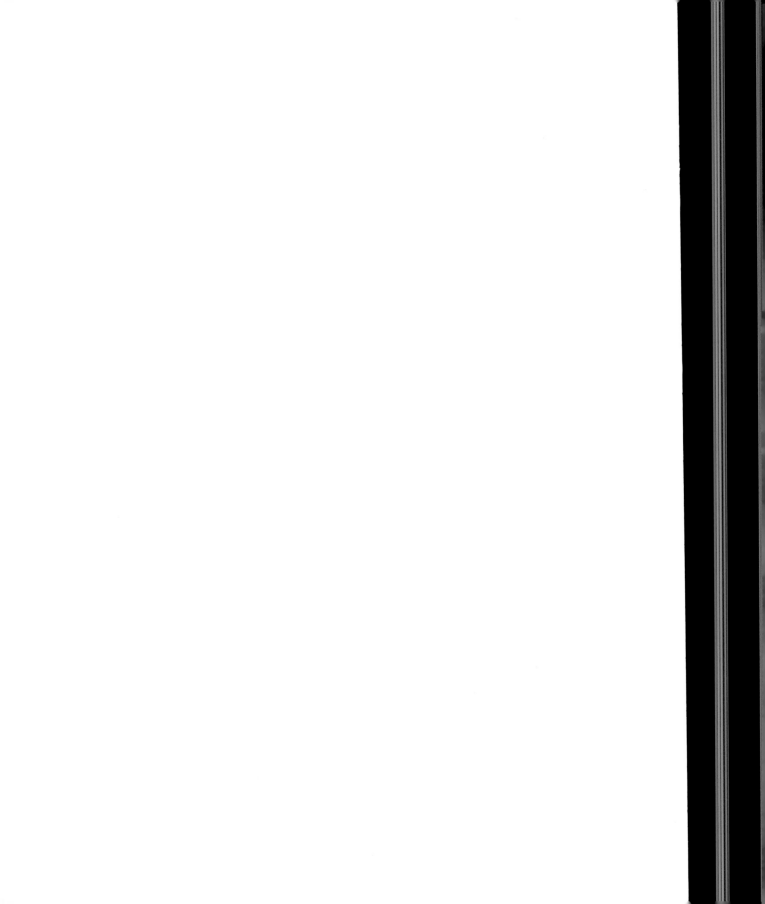

sempé
각별한 마음

장자크 상페 지음 이원희 옮김

이 책은 실로 꿰매어 제본하는 정통적인 사철 방식으로 만들어졌습니다.
사철 방식으로 제본된 책은 오랫동안 보관해도 손상되지 않습니다.

모랭 & 아들과 형제들 상회

자네 어제저녁 텔레비전에서 방송한 연극 봤나? 영국 아니면 그리스 작품이었는데 아들이 아버지인 왕을
죽이고, 어머니와 동침하고, 형제를 살해하는 내용이었어. 내가 마르트에게 말했지. 그쯤 되면 머지않아
패가망신할 거라고. 보나 마나 뻔한 일이니까.

뭔지 모르게 색다른 여자를 알게 되었어. 매장에 들어갔는데 그 여자만 눈에 보이더라고. 주문을
받으면서도 그 여자를 잡아 두려고 적당히 시간을 좀 끌었지. 여자 주위에서 왔다 갔다 하다 보니 목이
약간 비뚤어져 있고, 골반도 좀 비틀려 있더군. 그래서 내가 완벽하게 교정해 줬지. 그런데 그다음 날부터
그녀를 만날 수가 없는 거야! 정말 허무하더군. 가끔 여자들의 자세를 교정해 주지만, 다 소용없는 짓이야.
늘 똑같이 끝나고 마니까.

원시 미술의 요란한 장식을 버리고, 17세기 바로크의 기교적인 과장에서 벗어나고, 인상주의의 겉치레를 탈피하는 겁니다. 그렇게 다 벗어던지고 현대 미술의 격정적인 힘에 몸을 맡기는 거예요.

주말에 카르보노네 집에 가기로 했는데 그게 이번 주야, 다음 주야?

화백님의 과일 그림은 정말이지 남편과 제 마음에 쏙 들어요. 토요일 저녁에 와서 커피 한잔하시겠어요?

난 당신을 보러 왔어요, 로즈마리.

〈제르멘의 집입니다. 저는 정원을 손질하는 중입니다.

담장 문제로 전화하셨으면 2번을 누르세요. 루주롱 씨와 바로 연결됩니다.

로제 숙부의 토지 구획에 관한 일이면 3번과 우물 정자(#)를 누르세요. 자카르 씨가 답변해 줄 겁니다.

통행권에 관한 문제라면 4번과 별표(*)를 누르세요.

물 피해 때문이거나 그 밖의 다른 소리를 하시려거든 5번과 별표를 누르세요. 델마 씨가 받을 겁니다.

그리고 마들렌이라면, 나한테 할 말이 있겠지, 진심으로 사과해.〉

나에게 많은 빚을 지고 있다는 걸 잊지 말게, 샤를앙드레. 이따금 그걸 상기시켜 주고 싶을 때가 있어.

친애하는 폴앙리 씨, 귀하의 원고를 잘 받았습니다.
시골 부르주아에 대한 묘사, 좋아요!
공증인의 아들과 시장 부인의 애절한 사랑 이야기, 좋아요!
저속하고 위선적인 분위기, 비루한 편견, 좋아요!
그런데 저도, 심사 위원회도, 이 책 때문에 망하고 싶지 않습니다.

내 큰딸의 책이 막 출간되었는데, 내가 많은 예술가들과 달리 자식 교육에 신경을 쓰는 자상한
아버지였다고 묘사해 놓더군. 딸은 내가 꾸준히 그런 태도로 지냈기에 내 문학 작품의 질이 떨어진다는
게야. 그리고 그것 때문에 그 애가 사회적으로 엄청나게 고통을 받았다는군.

우리가 절대로 놓치지 않는 게 두 가지 있어요. 바로 신간 서적 전시회와 항해 관련 신제품 전시회지요.

여보세요, 그래, 나야. 뭐라고? 텔레비전에 나온 나를 보고 있다고? 나도 보는 중이야. 근데 나는 화장을 하니까 더 늙어 보이는 것 같지 않아? 브로쇼는 주름 하나 안 보이는 게 화장 효과를 톡톡히 봤는데 말이야! 둘랭 좀 봐, 어찌나 야하게 치장했는지! 꼭 젊은 여자 같잖아! 어쩐지 녹화하기 전에 카메라맨들에게 자기 책을 돌리더라니, 그게 다 카메라를 잘 받기 위해서였어. 세바스티앵은 아예 그녀에게 들러붙어 있군. 알 만해. 저런, 모로는 장기를 발휘하는군! 앵테랄리에상을 받은 뒤로 완전히 자신감이 붙었어! 뭐라고 했나? 내가 긴장한 것 같다고? 아니, 긴장한 게 아니라 화가 난 거야. 문학만 빼고는 무엇이든 얘깃거리로 삼는 저런 방송에 너무 화가 난다고.

● 앵테랄리에상은 언론계에 종사하는 문필가들의 소설에 수여하는 상으로 프랑스 4대 문학상 중 하나이다.

9월에 당신 책을 출판하면 안 됩니다. 이른바 〈문학 시즌〉에 발간되는 수많은 작품에 묻히고 말 거예요.
1월에는 쏟아지는 신간에 휩쓸릴 테고, 5월이나 6월에는 여름 시장의 베스트셀러들 때문에 빛도 못 보고
죽을 겁니다.
당신의 원고는 집에 고이 모셔 둘 필요가 있습니다.

우리는 해마다 문학 시즌이 되면 생제르맹데프레 한복판에 있는 호텔에서 한 주나 두 주쯤 머물지요.

● 생제르맹데프레는 파리 중심부에 위치한 지역으로, 이 일대의 카페에서 지식인과 예술가들이 모여 카페 문화의 황금시대를 구가했다.

나는 종종 오늘 같은 저녁을 꿈꿔 왔소, 안리즈. 내가 모든 램프를 하나하나 끄다가 마지막으로 하나가
남았을 때 의자 옆에 있는 스위치로 당신이 그 램프를 꺼주는 날을.

우리 사이의 이 많은 암묵적 대화, 그 여러 가지 복잡한 원인과 엄청난 결과를 생각하면 우리에게는
해결책이 한 가지밖에 없네요. 그저 침묵, 침묵, 침묵을 지키는 것.

어린애 장난감 같구먼.

자, 잘 봐요. 이렇게 공격수(바로 이 돌처럼)가 수비수들과 상대 골라 ~ 사이에 있으면 오프사이드예요. 하지만 이 공격수가 수비수들과 동일 선상에 있다가 공이 넘어왔을 때 아주 ~ 빨리 달려 나가 공을 받으면 오프사이드가 되지 않아요. 그리고 알아 두세요, 공격수가 하프 라인과 자기 ~ 골라인 사이에 있을 때는 오프사이드 규칙이 적용되지 않아요.

다시 연락드리겠습니다, 박사님. 급히 박사님을 만나야 하거든요. 제가 임명된 뒤로 책상에 접근하는
사람들이 자꾸 작아 보이는 것 같아서요.

단 한 사람만
그리워하는 당신
그러면 모두
떠나 버립니다
와우!

나도 처음에는 자네 같았지. 하지만 아름다운 여인이 방 열쇠를 줄 때 그건 그저 우리 일의 일부일
뿐이라는 걸 이내 깨달았어.

세균이나 바이러스, 기생충이 공격해 올 때 세포와 항체 군단이 집결하여 내 몸을 지켜 준다는 걸 알게 된 뒤로는 혼자라는 느낌이 덜 들어요.

많은 비용을 들여서 오랜 시간 연구한 결과, 당신이 도덕적으로 명망이 높은 가문의 혈통이라는 건 단언할
수 있습니다. 당신 가문에 대대손손 전해 오는 주요 미덕은 남을 존중하고 자신을 낮추는 겸손함입니다.
그런데 어디에서도 그런 흔적을 찾아볼 수가 없군요.

16년 전에 결혼했지요. 나는 내 직업을 좋아하고, 아내도 자신의 일에 만족하고 있어요. 우리는 서로 양쪽 집안을 존중해 줍니다. 지금 살고 있는 집은 꽤 넓은 편이고, 아담한 정원은 쾌적하면서 실용적이죠. 아이 둘은 성격이 차분하고 생각이 깊어요. 공부도 열심히 하고요. 고양이도 한 마리 키우는데 녀석이 아주 장난꾸러기예요. 가끔가다 미친 짓도 해서 〈크레이지 캣〉이라고 부른답니다.

부인의 우산을 다른 데로 옮겨 놓으면 안 될까요? 정신을 집중할 수가 없네요.

라스캥 부인! 바이올린 값을 아직도 안 냈잖아요!

여보세요? 나야. 이곳의 고요함, 넌 상상도 못 할 거야!
하긴 상상할 수가 없는 게 당연하지.
뭐라고? 그럼, 전화해도 되지.
뤼시에게 나한테 전화하라고 전해 줘, 솔렌에게도. 곧 봐!

대령님, 신부님, 친구들. 여러분이 걱정하셨던 청각 장애 때문에 그저께 저는 파리노 박사님에게 수술을 받았습니다. 수술은 잘됐지만, 제가 좀 더 일찍 결정을 내렸더라면 오늘 저녁 우리의 낭독회와 사인회를 중단하는 곤란한 사태는 일어나지 않았을 텐데 죄송합니다. 우리 초대 작가의 문학적 수준에는 아무 문제도 없습니다. 솔직히 말씀드리면, 제가 전화 통화를 하면서 『에로이즘 찬사』를 『에로티즘 찬사』로 듣는 바람에 이런 물의를 일으키게 된 겁니다.

● 에로이즘 *héroïsme*은 영웅적 행위, 영웅적 정신을 뜻한다.

생활 방식을 개선하겠다는 이유로 교만하다 못해 위협적인 행동까지 서슴지 않는 태도, 자연계에서는 전례가 없는 일이오. 그래서 난 은탑 레스토랑에서 저녁 식사를 한 이후 당신의 행동에 놀라지 않을 수 없고, 그런 식으로 변해 버리는 당신 같은 여자를 이해하지 못하겠소, 카롤린.

1

2

3

4

5

6

Sempé.

아무리 현대적인 연출이라고 해도, 이게 작품에 대한 재해석인지 아니면 자꾸 개입해서 연극의 흐름을
끊어 버리는 건지 도무지 알 수가 없네.

16일 금요일, 밤 11시.
나의 수필 『객관성에 관하여』의 1부를 다시 읽었다. 아주 좋다.

문학 시즌에 출간된 소설은 717권이고, 1월에는 528권이었어. 합하면 1245권, 그중 400권에서 500권은
아직 뭘 모르는 작가의 데뷔작이야. 그러면 745권이 남는데 약 500권은 맨날 비슷한 내용을 찍어 내는
기성 작가의 책이지. 이제 245권이 남았어. 거기에는 오직 상을 받으려고 쓴 소설들이 있지. 내가 무슨 말
하는지 알 거야. 37개의 문학상이 있고 대충 6권씩 곱하면 222권이야. 245권에서 222권을 빼면 23권.
그리고 베스트셀러가 되기 위해 만들어진 책들도 있잖아. 보니까 올해는 그런 책이 22권이더군. 결국
23권에서 22권을 빼고 한 작품만 남는 거야. 바로 내 소설.

뱅상 카라누는 이렇게 말했어요. 〈당신이 찾는 것은 이미 당신 안에 있는데 당신은 그걸 잊었다. 그것이 당신을 나약하고, 불안정하게 만드는 것이다.〉 그가 기억력 훈련 모임에 우리를 초대했지요. 그래서 하는 말인데 몇몇 분은 회비를 내지 않았다는 걸 기억할 겁니다. 회비 내는 걸 잊는다는 것이 바로 우리 단체를 나약하고 불확실하게 만드는 겁니다.

나는 우리 모두가 착한 사람이라는 느낌으로 헤어지는 이런 파티가 정말 좋아요.

그녀가 결코 나를 원하지 않으리라는 걸 알았을 때 나는 의연하게 떠나는 일만 남았다는 걸 깨달았지.
그리고 그렇게 했네. 앞으로 공중 돌기, 뒤로 공중 돌기, 평행봉과 공중회전 다이빙 기술로 창문을
통과해 나왔어.

1부: 슈베르트, 슈만. 이어서 모리슬라브 슈르베크의 「울음소리」와 18세기 이단 수도승의 「사라반다 푸리오소」.

● 푸리오소는 격정적으로 연주하라는 말.

언젠가는 정면으로 난국을 돌파해야 한다고 생각해.

1

2

5

6

3

4

7

8

→

9

10

11

12

현대판 번역: 친애하고 존경하는 파라오시여, 하지 상현달에 보내신 파피루스에 대한 회답으로 열네 번째 태양이 뜨기 전까지는 세 번째 피라미드를 완성할 수 없다는 걸 알게 되어 유감스럽게 생각합니다.

정치적 싸움에 휘말리고 싶지 않지만, 우리는 공사가 지연된 책임을 그 한심한 105시간 노동법의 탓으로 돌릴 수밖에 없습니다.

1

2

옮긴이 **이원희**

프랑스 아미앵 대학교에서 「장 지오노의 작품 세계에 나타난 감각적 공간에 관한 문체 연구」로 석사 학위를 받았으며, 현재 전문 번역가로 활동하고 있다. 옮긴 책으로 장 지오노의 『언덕』, 『소생』, 『세상의 노래』, 『영원한 기쁨』, 아민 말루프의 『타니오스의 바위』, 『사마르칸트』, 칼릴 지브란의 『예언자』, 장크리스토프 뤼팽의 『붉은 브라질』, 다이 시지에의 『발자크와 바느질하는 중국 소녀』, 소피 오두인 마미코니안의 『타라 덩컨』, 『인디아나 텔러』, 장자크 상페의 『돌풍과 소강』, 『사치와 평온과 쾌락』 등이 있다.

각별한 마음

지은이 장자크 상페 **옮긴이** 이원희 **발행인** 홍예빈·홍유진 **발행처** 주식회사 열린책들
주소 경기도 파주시 문발로 253 파주출판도시 **대표전화** 031-955-4000 **팩스** 031-955-4004
홈페이지 www.openbooks.co.kr
Copyright (C) 주식회사 열린책들, 2010, 2018, *Printed in Korea.*
ISBN 978-89-329-1899-0 03860 **발행일** 2010년 1월 10일 초판 1쇄 2018년 9월 15일 신판 1쇄 2022년 5월 20일
신판 2쇄